Bébé des cavernes

Texte de
Julia Donaldson

Illustrations d'
Emily Gravett

kaléidoscope

Bébé des cavernes a de la chance –
il vit à l'abri, dans une caverne.
Avec sa maman (qui est douée pour la peinture),
et son papa (qui est très courageux).

Et un tigre à dents de sabre,
une hyène et un lièvre.
Et un mammouth à toison grise et un grand ours brun.

Mais Bébé des cavernes se sent seul. Personne avec qui jouer.
Papa est occupé à être courageux et maman l'aide :
"N'approche pas."

Bébé des cavernes s'ennuie…
Jusqu'à ce qu'il trouve dans un coin
de la grotte un pinceau dans un pot.

Des taches sur la hyène !

Des rayures sur le lièvre !

Des étoiles sur le tigre !

Des tortillons sur l'ours !

Des zigzags sur le mammouth !

C'est drôlement amusant…

Mais papa et maman sont furieux,

et ils s'écrient, "REGARDE CE QUE TU AS FAIT !"

Maman des cavernes va chercher de l'eau. Elle nettoie en grondant.

Papa des cavernes agite
un doigt menaçant.

“Si tu ne fais pas attention,
un mammouth te jettera entre les pattes du grand ours brun !”

Bébé des cavernes se tracasse. Il n'arrive pas à s'endormir.
Une longue trompe grise se faufile jusqu'à lui,
elle frétille comme un serpent.

“Où m’emmènes-tu ?
Où ça, dis-moi ?
Est-ce que tu vas me jeter entre les pattes du grand ours brun ?”

Des zébrures dans la forêt ! C'est un tigre qui se tapit. "Ne me jette pas entre les pattes

du tigre ou du grand ours brun !"

Du bruit dans les buissons. C'est un lièvre qui fait d'immenses bonds. Peut-être vient-il d'échappe

u grand ours brun ?

Un feulement dans les fougères. C'est une hyène qui éclate de rire.

Vient-elle d'entendre une blague sur le grand ours brun ?

Une grotte à flanc de montagne ! “Je me demande qui habite là ? J’espère que ce n’est pas… Pourvu que cela ne soit pas… le grand ours brun !”

La grotte est éclairée par la lune. Les parois sont lisses et nues.
Un ronflement dans l'obscurité ! Quelqu'un est en train de dormir.
Bébé des cavernes est inquiet. Il ne comprend pas…
Jusqu'à ce que le mammouth à toison lui glisse un pinceau dans la main.

Un tigre à cinq pattes !

Un lièvre long comme une liane !

Une hyène à cornes !

Un ours barbu !

Un mammouth moustachu !

C'est drôlement amusant !

Puis le mammouth réveille sa famille et s'écrie :

"Regardez ce qu'il a fait !"

Et ils sonnent la fanfare et ils folâtrent et font la fête comme des fous.
Ils pataugent dans l'eau et ils s'aspergent
et ils s'arrosent et tous ensemble ils s'amusent bien.

Ils serrent la main de Bébé des cavernes, puis ils soulèvent leur trompe pour lui dire au revoir tandis que le mammouth le ramène à la maison.

Bébé des cavernes est content. Il s'endort très vite dans son berceau.
Il rêve d'un tigre avec des rayures roses et rouges,
d'une hyène vert chlorophylle et d'un lièvre bleu ciel et
d'un mammouth couleur de lune… et d'un petit ours brun.

Pour Esther Gabriela – J.D.

Pour Dad & V.W. – E.G.

Texte traduit de l'anglais par Élisabeth Duval

Titre de l'ouvrage original : CAVE BABY. Éditeur original : Macmillan Children's Books, 20 New Wharf Road, London N1 9RR.

Loi n° 49.956 du 16 juillet 1949 sur les publications destinées à la jeunesse : septembre 2010. Dépôt légal : septembre 2010.
ISBN 978-2-877-67674-8. Imprimé en Italie.

Diffusion l'école des loisirs

www.editions-kaleidoscope.com